Mit Anne und Philipp bei den Griechen

Mary Pope Osborne · Natalie Pope Boyce

Mit Anne und Philipp bei den Griechen

ISBN 978-3-7855-6197-3
1. Auflage 2008
Sonderausgabe. Bereits als Einzelbände unter den Originaltiteln
Hour of the Olympics (Copyright Text © 1998 Mary Pope Osborne)
und *Magic Tree House Research Guide –
Ancient Greece and the Olympics*
(Copyright Text © 2004 Mary Pope Osborne und Natalie Pope Boyce,
Copyright Illustrationen © 2004 Sal Murdocca) erschienen.

Erschienen in der Original-Serie *Magic Tree House*™.
Magic Tree House™ ist eine Trademark von Mary Pope Osborne,
das der Originalverlag in Lizenz verwendet.
Veröffentlicht mit Genehmigung des Originalverlags,
Random House Children's Books, a division of Random House, Inc.

Als Einzeltitel in der Reihe *Das magische Baumhaus*
sind bereits erschienen: *Abenteuer in Olympia* (1)
und *Forscherhandbuch Olympia* (2).
Aus dem Amerikanischen übersetzt von
Sabine Rahn (1), Eva Hierteis (2)
Innenillustrationen: Petra Theissen (1),
Sal Murdocca und Petra Theissen (2)
Umschlagillustration: Jutta Knipping
Reihenlogo und Vorsatzillustration: Jutta Knipping
Printed in Germany (003)

www.loewe-verlag.de

Inhalt

Abenteuer in Olympia

Forscherhandbuch Olympia

Abenteuer in Olympia

Nur noch eine Reise

„Bist du wach?“, fragte Anne im Dunkeln.

„Ja“, antwortete Philipp aus seinem Bett.

„Dann steh schon auf“, drängte Anne. „Wir wollten doch vor Sonnenaufgang am Baumhaus sein!“

„Ich bin doch schon längst fertig!“, erwiderte Philipp.

Er schlug seine Decke zurück und sprang aus dem Bett. Anne sah, dass er Jeans und T-Shirt anhatte.

„Hast du etwa in deinen Kleidern geschlafen?“, fragte Anne.

„Ich wollte keine Zeit verlieren“,

antwortete Philipp und setzte seinen Rucksack auf.

Anne lachte.

„Dann musst du dich ja sehr auf unseren Ausflug ins alte Griechenland freuen!“, folgerte sie.

„Stimmt genau!“, gab Philipp zu.

„Hast du deine Bibliothekskarte dabei?“, fragte Anne.

„Ich schon, und du?“, fragte Philipp zurück.

„Na klar. Steckst du sie bitte in deinen Rucksack?“, bat sie und reichte ihrem Bruder ihre Karte. „Ich nehme die Taschenlampe.“

„Ich bin fertig!“, verkündete Philipp.

Die Geschwister schlichen auf Zehenspitzen nach unten und zur Tür hinaus.

Draußen war es frisch und kühl.

„Heute scheint der Mond nicht“, bemerkte Anne. „Nur die Sterne – trara!“ Sie machte die Taschenlampe an. „Komm, lass uns gehen!“

Anne und Philipp folgten dem Lichtstrahl über den Hof und gingen die Straße entlang.

Philipp war ganz aufgeregt bei dem Gedanken, dass sie heute ins alte Griechenland reisen würden. Aber etwas beunruhigte ihn.

„Was glaubst du: Ob das heute unsere letzte Reise sein wird?“, fragte er.

„Oh, ich hoffe nicht!“, rief Anne. „Was meinst du?“

„Ich weiß es nicht. Wir können Morgan ja fragen“, meinte Philipp.

„Komm, wir beeilen uns“, sagte Anne.

Sie rannten los. Der Lichtstrahl von

Annes Taschenlampe tanzte vor ihnen her und beleuchtete ihren Weg.

Als sie zum Waldrand kamen, gingen sie wieder langsamer. Im Wald war es zappenduster.

Während sie zwischen den dunklen Bäumen entlanggingen, leuchtete Anne mit der Taschenlampe immer wieder in die Baumwipfel. Endlich fanden sie das magische Baumhaus.

„Wir sind da!“, rief Anne.

„Los, geh schon hoch“, forderte Philipp seine Schwester auf.

Anne ergriff die Strickleiter und kletterte los. Philipp folgte ihr.

Oben angelangt, leuchtete Anne mit der Taschenlampe ins Baumhaus.

Morgan saß am Fenster und hielt sich die Hand vor die Augen, als der Lichtstrahl sie traf.

„Mach doch bitte das Licht aus, Anne“, sagte sie leise.

Anne tat, worum Morgan sie bat.

„Herzlich willkommen“, sagte Morgan im Dunkeln. „Seid ihr bereit für eure nächste Reise?“

„Ja!“, rief Anne begeistert. Dann fragte sie: „Das ist jetzt aber nicht unsere letzte Reise, oder?“

„Fragt mich das, wenn ihr zurück seid“, bat Morgan.

„Wir möchten wirklich schrecklich gerne noch mehr Reisen unternehmen!“, sagte Philipp.

„Es ist sehr mutig von euch, so etwas zu sagen!“, fand Morgan. „Ihr habt bisher schon eine Menge gefährlicher Reisen unternommen.“

„Ach“, widersprach Philipp, „sooo schlimm waren die doch gar nicht ...“

Morgan schüttelte nachdenklich den Kopf. „Ihr habt schon einige Male euer Leben riskiert.“

„Aber wenn es völlig aussichtslos schien, hat uns immer jemand geholfen“, wandte Anne ein.

Morgan lächelte. „Ja, zum Glück!“ Dann wurde sie wieder ernst. „Ich möchte euch bitten, mir noch einmal eine Geschichte aus der Vergangenheit zu holen.“

„Machen wir!“, sagte Philipp unternehmungslustig.

Morgan raschelte in ihrem weiten Umhang und zog ein Blatt Papier hervor.

„Das hier ist der Titel der Geschichte“, sagte sie schließlich. „Leuchte doch mal mit deiner Lampe darauf, Anne.“

Anne machte ihre Taschenlampe wieder an und leuchtete damit auf das Papier.

Π1ΓΑΣΟΣ

„Wahnsinn! Ist das griechisch?“, fragte Philipp.

„Ja, das ist richtig“, bestätigte Morgan.

Sie griff erneut unter ihren Umhang

und holte ein Buch hervor. „Das ist zum Nachschlagen während eurer Reise“, sagte sie.

Philipp nahm das Buch, und Anne leuchtete auf den Umschlag. Dort stand: *Ein Tag im alten Griechenland.*

„Ihr wisst, wie ihr dieses Buch gebrauchen müsst?“, fragte Morgan.

„Ja. Dieses Buch wird uns führen“, wiederholte Philipp. Das hatte Morgan ihnen schon bei früheren Reisen gesagt.

„Aber wenn ihr in einer wirklich aussichtslosen Situation seid“, betonte Morgan, „dann kann euch nur die Geschichte helfen, die ihr für mich holen sollt.“

Philipp und Anne nickten.

„Und eure Meister-Bibliothekskarten müsst ihr dem weisesten Menschen zeigen, den ihr unterwegs trefft“, ermahnte Morgan.

„Keine Bange“, sagte Anne. „Wir werden das schon schaffen!“

„Auf Wiedersehen, Morgan!“, verabschiedete sich Philipp.

Er zitterte fast ein bisschen vor Aufregung, als er auf den Buchumschlag deutete und sagte: „Ich wünschte, wir wären dort!“

Wind kam auf.

Das Baumhaus begann, sich zu drehen.

Es drehte sich schneller und immer schneller.

Dann war alles wieder still.

Totenstill.

Gibt es hier keine Mädchen?

Philipp öffnete die Augen. Warmer Sonnenschein durchflutete das Baumhaus.

„Hier brauchen wir keine Taschenlampe“, stellte er fest.

„Schau nur“, sagte Anne. „Die Kleider, die Morgan uns gezaubert hat, sehen aus wie die, die wir in Pompeji anhatten.“

Philipp blickte an sich hinab.

Was er an sich sah, ähnelte tatsächlich der Kleidung, die er damals in der alten römischen Stadt Pompeji getragen hatte: eine Tunika und

Sandalen. Sein Rucksack hatte sich wieder in eine Ledertasche verwandelt.

Anne sah aus dem Fenster.

„Und wir sind in einem Olivenbaum gelandet. Genau wie damals in Pompeji!“, rief sie.

Philipp sah auch hinaus und hielt überrascht die Luft an.

„Ob wir vielleicht am falschen Ort gelandet sind?“, fragte er.

„Ich weiß nicht“, meinte Anne. „Aber schau mal dort, hinter den Bäumen!

Sieht das nicht aus wie ein großer Jahrmarkt?“

Philipp sah genauer hin. Anne hatte recht. Hinter dem Olivenhain standen viele weiße Zelte, die vor roten Ziegelhäusern mit Säulen aufgebaut worden waren. Dort hatte sich eine große Menschenmenge versammelt.

„Was ist denn da los?“, wunderte sich Philipp.

Er holte das Griechenland-Buch aus seiner Ledertasche und fand ein Bild, das der Szene, die sie draußen sahen, sehr ähnelte. Unter dem Bild stand:

Die Olympischen Spiele begannen vor mehr als 2 500 Jahren im alten Griechenland. Alle vier Jahre reisten mehr als 40 000 Menschen nach Olympia. Das war die Stadt, in der die Sportwettspiele stattfanden.

„Oh Mann“, flüsterte Philipp ehrfürchtig. „Wir sind bei den Olympischen Spielen des Altertums gelandet!“

„Echt cool!“, fand Anne.

Philipp schrieb in sein Notizbuch:

Olympia -
Die ersten Olympischen
Spiele finden statt

„Komm, das schauen wir uns mal an!", schlug Anne vor und kletterte die Strickleiter hinunter.

Philipp steckte das Buch zurück in seine Ledertasche.

„Vergiss nicht, dass wir auch noch nach Morgans Geschichte suchen müssen", mahnte er, als er hinter Anne hinunterkletterte.

Anne wartete unten auf ihren Bruder. Dann durchquerten die beiden den Olivenhain und liefen auf die Zelte zu.

Philipp hörte Flötenmusik, es roch nach offenem Feuer und gegrilltem Fleisch. Gruppen von Männern standen beieinander und unterhielten sich angeregt.

„Das ist ja witzig", meinte Anne auf einmal. „Ich sehe gar keine Mädchen hier!"

„Natürlich gibt es hier auch Mädchen!“, sagte Philipp.

„Wo denn?“, fragte Anne. „Zeig sie mir mal!“

Philipp sah sich um. Aber er sah tatsächlich nur Männer und Jungen – keine einzige Frau, nicht ein Mädchen.

Dann entdeckte er ein Freiluft-Theater. Auf der Bühne stand eine Frau. Sie hatte blonde Haare und trug eine violette Tunika.

„Da!“, rief Philipp und deutete auf die Frau.

„Was macht die denn da?“, fragte Anne.

Neben der Frau stand ein Soldat auf der Bühne. Er trug einen langen Umhang. Ein Helm mit rotem Helmschmuck verbarg sein Gesicht.

Die Frau und der Mann wedelten mit den Armen und sprachen laut miteinander.

„Ich glaube, sie spielen Theater“, erklärte Philipp. Dann zog er das Griechenland-Buch heraus, blätterte darin herum und fand das Bild von einem Theater.

„Hör zu!“, sagte er und las vor:

Die Griechen waren das erste Volk, das Theaterstücke schrieb. Etliche deutsche Worte aus dem Theaterbereich stammen aus dem Griechischen, zum Beispiel „Drama“, „Szene“ und „Chor“. Viele griechische Stücke werden heute noch aufgeführt.

„Hey Philipp!“, rief Anne plötzlich. „Du hast dich geirrt!“

Als Philipp hochblickte, sah er, dass die Frau ihre Perücke abgenommen hatte. Es war ein Junge, der sich als Frau verkleidet hatte.

„Siehst du, selbst sie ist ein Junge!“, stellte Anne fest. „Das ist ja wirklich seltsam!“

„Hmm“, machte Philipp und las weiter:

Wenige Schauspieler hatten viele unterschiedliche Rollen in einem Stück. Frauen durften nicht Theater spielen. Also wurden auch die weiblichen Rollen von Männern übernommen.

„Das ist ungerecht!“, fand Anne. „Und was passiert, wenn eine Frau in einem Stück mitspielen will?“

„Mach dir darüber mal keine Gedanken“, beschwichtigte Philipp seine Schwester und steckte das Buch wieder ein. „Lass uns jetzt mal einen Blick auf die Olympischen Spiele werfen und dann nach der Geschichte suchen!“

Er schob Anne vor sich her. In diesem Moment hörte er hinter sich eine Stimme.

„Wartet!“

Philipp und Anne drehten sich um. Ein Mann mit einem kurzen weißen Bart kam auf sie zu.

„Hallo!“, sagte der Mann. Er sah Anne an. „Wer bist du denn?“

„Und wer sind Sie?“, fragte Anne keck zurück.

Dichter ohne Namen

Der bärtige Mann lächelte Anne an.

„Mein Name ist Plato", stellte er sich vor.

„Plato?", fragte Philipp nach. Den Namen hatte er irgendwo schon mal gehört.

„Ihr habt vielleicht schon von mir gehört", meinte der Mann. „Ich bin ein Philosoph."

„Was ist denn das?", fragte Anne.

„Ein Mann der Weisheit", erklärte Philipp.

„Irre!", staunte Anne.

Plato lächelte sie an.

„Es ist ungewohnt, ein Mädchen so

mutig durch Olympia gehen zu sehen", sagte er. „Ihr müsst von weit her kommen."

„Wir heißen Philipp und Anne", stellte Anne sich und ihren Bruder vor. „Und wir kommen aus Pepper Hill in Pennsylvania. Das ist ziemlich weit weg."

Plato sah sie verständnislos an.

Anne wandte sich an Philipp.

„Vielleicht sollten wir ihm unsere Karten zeigen", flüsterte sie. „Er ist immerhin ein Mann der Weisheit."

Philipp nickte, fasste in seine Tasche, zog die Bibliothekskarten hervor und zeigte sie Plato.

Die Buchstaben MB, die auf der Karte schimmerten, bedeuteten „Meister-Bibliothekare".

„Wirklich erstaunlich!", wunderte sich

Plato. „Ich habe noch nie so junge Meister-Bibliothekare wie euch getroffen. Warum seid ihr nach Olympia gekommen?“

Philipp zog das Blatt hervor, das Morgan ihnen gegeben hatte.

„Wir suchen diese Geschichte hier“, sagte er.

ΠΙΓΑΣΟΣ

„Ah, ja!“, flüsterte Plato. „Die stammt von einem ganz brillanten Dichter – einem Freund von mir, übrigens.“

„Wissen Sie, wo dieser Dichter wohnt?“, fragte Philipp.

„Gar nicht weit weg von hier“, antwortete Plato.

„Könnten Sie uns nicht zu ihm bringen?“, bat Anne.

„Doch. Aber ich muss euch warnen: Ihr dürft niemals jemandem erzählen, wer dieser Dichter ist“, sagte Plato eindringlich. „Das ist ein Geheimnis.“

„Versprochen“, flüsterte Anne.

Plato führte sie von dem Freiluft-Theater weg.

Auf eine ungepflasterte Straße, die voller Menschen war, die zu den Spielen wollten.

Plato blieb vor der Tür eines sandfarbenen Hauses mit Ziegeldach stehen, öffnete sie und führte Philipp und Anne in einen leeren Innenhof.

„Wartet hier“, bat er und verschwand durch eine weitere Tür.

Philipp und Anne sahen sich um.

Von den Zimmern des Hauses aus konnte man auf den sonnigen Innenhof hinaustreten. Es war sehr still.

„Die Leute, die hier wohnen, sind

wahrscheinlich bei den Spielen“, vermutete Anne.

„Wahrscheinlich“, meinte Philipp.

Er zog das Griechenland-Buch hervor und fand darin das Bild eines Hauses. Den Text, der darunter stand, las er laut vor:

Männer und Frauen bewohnten in griechischen Häusern unterschiedliche Bereiche. Die Frauen verbrachten ihre Zeit vor allem mit Spinnen, Weben und Küchenarbeiten. Jungen wurden im Alter von sieben Jahren zur Schule geschickt. Mädchen durften nicht zur Schule gehen.

„Mädchen durften nicht zur Schule gehen?“, wiederholte Anne ungläubig. „Und wie haben sie dann Lesen und Schreiben gelernt?“

In diesem Augenblick kam Plato zurück.

Mit ihm kam eine junge Frau. Sie trug eine lange Tunika mit einer bunten Borte und hielt eine Schriftrolle in der Hand.

Anne lächelte herzlich.

„Endlich!“, seufzte sie. „Noch ein Mädchen!“

„Philipp und Anne, darf ich vorstellen? Unser geheimnisvoller Dichter“, sagte Plato.

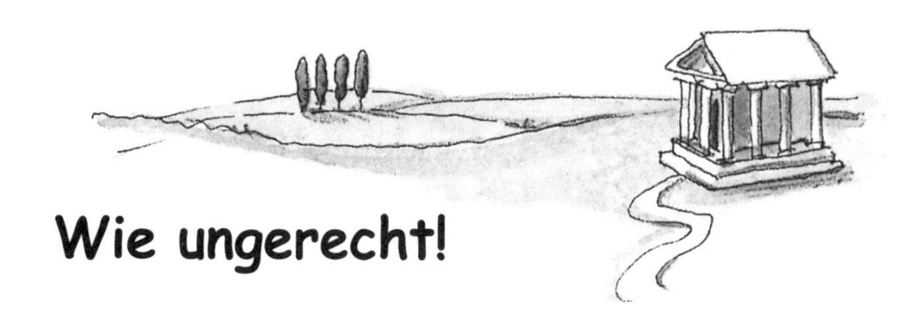

Wie ungerecht!

Die junge Frau lächelte Philipp und Anne an.

„Wo haben Sie Lesen und Schreiben gelernt?“, fragte Anne erstaunt.

„Ich habe es mir selbst beigebracht“, antwortete die Frau.

„Sie hat ein Gedicht geschrieben und es mir gegeben“, erzählte Plato. „Denn ich sage allen Leuten immer wieder, dass ich der Ansicht bin, griechische Mädchen sollten zur Schule gehen und etwas lernen.“

„Und das ist das Gedicht?“, fragte Philipp und deutete auf die Schriftrolle.

„Ja“, antwortete die junge Frau.

„Es ist eine wunderschöne Geschichte“, sagte Plato. „Aber diese Frau wird furchtbare Schwierigkeiten bekommen, wenn jemand hier in unserem Land sie liest. Ihr müsst die Geschichte mit zurück in eure ferne Heimat nehmen. Nur dort wird sie sicher sein.“

Die Dichterin reichte Philipp ihre Schriftrolle, und er steckte sie in seine Ledertasche.

„Verraten Sie uns doch Ihren Namen“, bat Anne.

Die junge Frau schüttelte den Kopf.

„Das kann ich nicht“, bedauerte sie. Aber als sie Annes trauriges Gesicht sah, fuhr sie fort: „Sagt den Menschen, dass Anonymus es geschrieben hat.“

„Das ist Ihr Name?“, fragte Anne.

„Nein, Anonymus bedeutet, dass keiner weiß, wer es geschrieben hat“, erklärte Philipp.

„Aber das stimmt doch gar nicht!“, rief Anne.

„Ich fürchte, das Risiko ist einfach zu groß“, mischte sich Plato ein.

Anne sah die junge Frau an.

„Es tut mir so leid!“, sagte sie. „Es ist einfach ungerecht, ganz furchtbar ungerecht …“

Die Dichterin lächelte Anne an. „Es

freut mich, dass ihr meine Geschichte mit in eure Heimat nehmt“, sagte sie. „Und vielleicht dürfen Frauen eines Tages ja doch Bücher schreiben – genau wie Männer!“

„Das werden sie!“, entgegnete Philipp. „Das kann ich Ihnen versprechen!“

„Es ist wahr!“, bestätigte Anne.

„Ich danke euch, Anne und Philipp“, sagte die junge Frau, verneigte sich und eilte dann aus dem Innenhof.

„Warten Sie!“, rief Anne und wollte ihr hinterherlaufen. Aber Plato hielt sie zurück.

„Kommt!“, sagte er. „Die Spiele fangen gleich an.“

Plato führte Philipp und Anne aus dem griechischen Haus hinaus und zurück auf die unbefestigte Straße.

„Mädchen dürfen keine Geschichten schreiben!“, grummelte Anne. „Sie dürfen nicht zur Schule gehen! Sie dürfen nicht Theater spielen! – Ich hab genug vom alten Griechenland, Philipp. Lass uns abhauen!“

„Jetzt schon?“, fragte Philipp. „Und was ist mit den Olympischen Spielen?“

„Ach ja, genau!“, sagte Anne, und ihre Augen leuchteten. „Die hatte ich fast schon wieder vergessen!“

„Nun“, sagte Plato zögernd. „Ich würde euch ja wirklich gerne alle beide zu den Olympischen Spielen mitnehmen. Ich habe sogar gute Sitzplätze in einer Loge. Jedoch …“ Er warf einen Blick auf Anne.

„Nein – sagen Sie es nicht! Mädchen dürfen auch die Olympischen Spiele nicht besuchen!“, rief sie.

Plato schüttelte den Kopf.

„Ein Mädchen würde schreckliche Schwierigkeiten bekommen, wenn sie versuchen würde, zu den Spielen zu gehen“, bestätigte er.

Anne seufzte. „Also, das ist doch echt richtig ungerecht!“, fand sie.

„Es tut mir leid“, sagte Plato. „Mein Land ist eine Demokratie. Wir glauben an die Freiheit unserer Bürger. Doch leider schließt das im Augenblick nur die Männer ein.“

„Anne hat recht“, sagte Philipp. „Das ist sehr ungerecht! Ich glaube langsam auch, dass wir nach Hause gehen sollten.“

„Nein, Philipp, du kannst doch zu den Spielen gehen!“, widersprach Anne. „Dann kannst du mir danach wenigstens davon erzählen. Mach dir Notizen!“

„Ja, und was ist mit dir?“, fragte Philipp.

„Ich gehe zurück zum Freiluft-Theater“, entschied Anne. „Dort können wir uns ja hinterher treffen.“

Auf der einen Seite wollte Philipp seine Schwester nicht alleine lassen. Auf der anderen Seite wollte er aber auch die Olympischen Spiele nicht verpassen.

„Geh schon“, sagte Anne. „Ich wünsche dir viel Spaß. Bis später. Tschüss, Plato!“ Dann ging sie davon.

„Tschüss, Anne!“, sagte Plato.

Anne drehte sich noch mal um und winkte den beiden zu.

„Ich werde dir dann alles erzählen!“, rief Philipp.

„Hier entlang“, sagte Plato.

Er und Philipp wandten sich ab und mischten sich unter die Menge, die auf das olympische Gelände zuging.

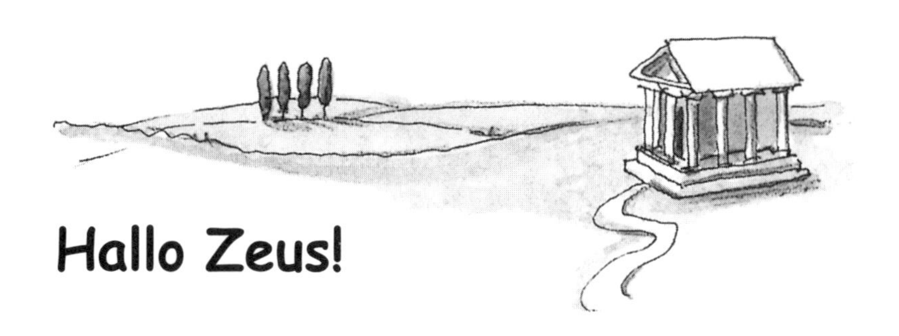

Hallo Zeus!

„Heute ist der erste Tag der Spiele!", erzählte Plato. „Und damit der Tag der Wagenrennen."

„Irre!", flüsterte Philipp.

Er konnte es gar nicht fassen, dass er heute tatsächlich ein Wagenrennen sehen würde.

Sie gingen in Richtung Rennstrecke. Unterwegs deutete Plato auf ein großes Gebäude an der Straße.

„Das ist das Gymnasium", erklärte er. „Hier trainieren unsere Athleten. Sie üben Rennen, Speer- und Diskuswerfen."

„In Pepper Hill gibt es auch ein

Gymnasium. Dort kann man Sprachen und Mathematik lernen“, sagte Philipp.

„Das lernen die Jungen bei uns in der Schule“, erklärte Plato. „In diesem Gymnasium trainiert man nur für den sportlichen Wettkampf.“

„Ach so“, sagte Philipp. Jetzt verstand er. Im alten Griechenland war ein Gymnasium also eine Sporthalle. „So ein Gymnasium haben wir an unserer Schule in Pepper Hill auch“, erklärte er. „Aber wir nennen es Sporthalle.“

„In der ganzen Welt ahmen die Leute uns Griechen nach“, sagte Plato stolz.

„Warten Sie“, bat Philipp. „Ich muss mir Notizen machen – für Anne.“

Er holte sein Notizbuch hervor und schrieb:

Die alten Griechen haben die Gymnasien erfunden – aber bei uns heißen sie Sporthallen

„Okay, wir können weitergehen“, sagte Philipp, als er seine Notizen beendet hatte, und klemmte sich das Notizbuch unter den Arm.

Während sie weitergingen, deutete Plato auf einen wunderschönen Baum, der in der Nähe wuchs.

„Der Olivenbaum ist unser heiliger Baum“, erklärte er. „Dem Gewinner der

Spiele wird eine Krone aufgesetzt, die aus den Zweigen eines solchen Baumes geflochten ist."

„Wahnsinn!", staunte Philipp. Und er notierte sich:

Der Olivenbaum ist heilig

Sie kamen an einer Statue vorbei, die eine Frau mit Flügeln darstellte.

„Und wer ist das?", fragte Philipp.

„Das ist Nike, die Göttin des Sieges", erwiderte Plato.

Philipp schrieb sofort auf:

Nike ist die Göttin des Sieges

„Nike ist sehr wichtig für die Spiele", erzählte Plato. „Aber der wichtigste Gott in Olympia ist hier drinnen."

Er führte Philipp in ein Ziegelsteingebäude mit riesigen Säulen. Es war ein Tempel. Philipp hielt die Luft an.

Vor ihm erhob sich die größte Statue, die er je gesehen hatte.

Sie war mindestens zwei Stockwerke hoch und stellte einen bärtigen Mann dar, der auf einem Thron saß.

„Das hier ist der Tempel von Zeus. Und das hier ist die Statue von Zeus“, erläuterte Plato. „Die Olympischen Spiele finden zu seinen Ehren statt. Er ist der oberste der griechischen Götter.“

„Oh Mann!“, flüsterte Philipp.

„Gestern haben sich die Athleten alle hier versammelt“, fuhr Plato fort.

„Sie schworen vor Zeus, dass sie zehn Monate lang trainiert haben. Und sie haben versprochen, sich an die Regeln der Spiele zu halten.“

Die Figur des mächtigen griechischen Gottes starrte auf Philipp hinab.

Philipp fühlte sich ganz klein.

„Hallo Zeus!“, sagte er. Seine Stimme klang auch ganz leise und schüchtern.

Auf einmal erklangen von draußen Trompeten.

„Es wird Zeit!“, drängte Plato. „Wir müssen uns beeilen. Die olympische Parade beginnt!“

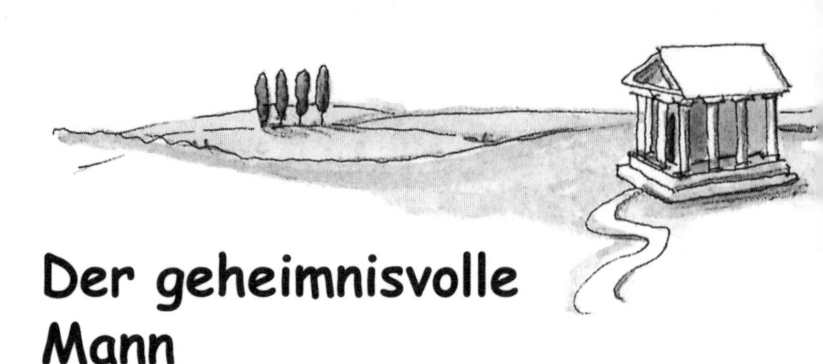

Der geheimnisvolle Mann

Plato und Philipp eilten an der Menge vorbei, die entlang der Rennstrecke stand. Alle schrien und jubelten.

„Ich habe Plätze direkt neben den Kampfrichtern“, sagte Plato und deutete auf eine hohe Tribüne mit Sitzreihen.

Plato führte Philipp durch die Menschenmenge die Stufen hinauf zu ihren Plätzen.

„Super!“, sagte Philipp. „Danke!“

Von hier aus hatte er einen wunderbaren Überblick.

Die Olympia-Parade hatte gerade

begonnen. Musiker mit Flöten führten die Parade an, gefolgt von den Athleten. Es waren die besten aus ganz Griechenland.

Philipp seufzte, als er die Parade auf der Rennstrecke beobachtete. Anne würde das ganz bestimmt auch gefallen!, dachte er.

„Die Athleten ganz vorne sind die Läufer", erklärte Plato. „Lauf-Wettrennen gehören zu den ältesten Wettkämpfen der Olympischen Spiele."

Philipp zog sein Notizbuch hervor und schrieb auf:

Ältester Wettkampf: Laufen

„Hinter den Läufern kommen die Boxer", sagte Plato. „Sie tragen besondere Handschuhe und bronzene Helme."

Philipp schrieb weiter:

Boxer tragen Handschuhe und Helme

„Und das da sind die Ringer", fuhr Plato fort.

Und Philipp schrieb:

Ringer

Als Philipp wieder aufsah, bemerkte er an der Seitenlinie einen Soldaten, der ihn anstarrte.

Der Soldat war genauso gekleidet wie der Schauspieler in dem Freiluft-Theater. Er trug einen langen Umhang. Ein Helm mit rotem Helmschmuck verbarg sein Gesicht fast völlig.

Aber etwas an dem Soldaten war seltsam. Er war klein – unglaublich klein!

„Und hier kommen die Diskus- und Speerwerfer“, fuhr Plato mit seinen Erklärungen fort, „und zum Schluss die Männer in Rüstung.“

„Was machen die denn?“, fragte Philipp.

„Sie tragen den Wettkampf in ihrer Rüstung aus“, sagte Plato.

Philipp lächelte. Er war sich sicher, dass Anne das auch witzig finden würde.

Dann schrieb er in sein Notizbuch:

Einige Läufer rennen in voller Rüstung

Philipp blickte wieder zu dem kleinen Soldaten hinüber.

„In wenigen Augenblicken werden die Wagenrennen beginnen“, versprach Plato. „Ein Wagenrennen zu gewinnen, ist die größte Ehre für einen Teilnehmer bei diesen Spielen.“

Philipp nickte nur. Er musterte immer noch den kleinen Soldaten, der ihn auch anzustarren schien.

Auf einmal kam unter dem Umhang eine kleine Hand zum Vorschein. Die Hand winkte.

Philipp hielt die Luft an. Das war Annes Hand, die da winkte!

Der kleine Soldat war Anne!

Schneller! Schneller! Schneller!

Philipp starrte Anne entsetzt an. Sie musste sich dieses Kostüm aus dem Theater geholt haben.

Die Worte Platos fielen ihm wieder ein: „Ein Mädchen würde schreckliche Schwierigkeiten bekommen, wenn sie versuchen würde, zu den Spielen zu gehen!“

Philipp schüttelte den Kopf und wies mit seinem Finger nach draußen. Damit wollte er sagen: „Geh weg hier!“

Aber Anne winkte ihm nur zu.

Philipp schüttelte weiter den Kopf. Er schüttelte sogar seine Faust.

Doch Anne drehte sich wieder um und beobachtete die Parade.

„Das ist kein Witz!“, schrie Philipp.

„Selbstverständlich nicht“, erwiderte Plato erstaunt. „Wir nehmen diese Spiele sehr ernst!“

Philipp wurde rot. Er starrte auf Annes Rücken.

In dem Moment erklangen die Trompeten.

„Die Wagen nehmen ihre Plätze ein“, sagte Plato.

Philipp beobachtete, wie Dutzende von Streitwagen sich an der Rennbahn aufstellten. Jeder Wagen wurde von vier Pferden gezogen.

Philipp spähte zu Anne hinüber. Sie sah hinauf zu ihm und deutete auf die Wagen.

Erneut klangen die Trompeten.

Jetzt liefen die Pferde los.

Die Menge spielte verrückt. Alle jubelten und stampften mit den Füßen.

Staubwolken wirbelten auf, als die Streitwagen auf den Bahnen entlangrasten.

Anne beobachtete das Rennen ganz aufmerksam. Sie hüpfte dabei auf und ab. „Schneller! Schneller! Schneller!“, schrie sie.

Einige Leute starrten den seltsamen kleinen Soldaten mit der hohen Stimme an.

Philipp konnte es nicht länger aushalten. Er musste Anne hier wegbringen, ehe es zu spät war!

Also stopfte er das Notizbuch zurück in seine Tasche.

„Ich muss leider gehen!“, rief er Plato zu.

Der Philosoph sah ihn überrascht an.

Philipp mochte ihm nicht sagen, dass Anne sämtliche Regeln der griechischen Demokratie gebrochen hatte.

„Es hat mir hier sehr gut gefallen. Aber jetzt muss ich wirklich nach Hause“, sagte er. „Vielen Dank für alles!“

„Habt eine gute Reise!“, wünschte Plato dem Jungen.

Philipp winkte dem Philosophen noch einmal zu und lief dann die Stufen hinab.

Als er fast unten war, sah er, wie Anne ihren Helm abnahm.

Ihre Locken flogen wild umher, als sie auf und ab hüpfte und schrie: „Schneller! Schneller! Schneller!“

Dabei fiel ihr Soldatenumhang herunter.

Jetzt starrten sie ganz viele Leute an. Jemand rief nach den Wachen.

Anne war zu sehr beschäftigt mit Anfeuern, um etwas zu merken.

Philipp lief, so schnell er konnte, auf seine Schwester zu.

Aber die beiden riesigen Wachmänner erreichten Anne vor ihm.

Rette Anne!

Die Wachmänner wollten Anne gerade abführen.

Anne war zunächst völlig überrascht. Dann wurde sie wütend.

„Lasst mich los!“, schrie sie.

Philipp rannte die Stufen der Tribüne hinunter.

Die Wachen hatten es nicht leicht, Anne durch die Menschenmenge zu zerren.

„Lasst sie los!“, schrie Philipp.

Doch seine Stimme ging im Lärm des Rennens unter.

„Lasst sie los!“, schrie er immer wieder. „Lasst sie endlich los!“

Endlich hatte Philipp Anne und die Wachen erreicht. Er wollte nach seiner Schwester greifen, aber die Wachen versperrten ihm den Weg.

„Lasst sie los!“, brüllte Philipp. „Ich verspreche, dass ich sie nach Hause bringe!“

Immer mehr Wachen kamen herbei, und die Menge schrie: „Verhaftet sie! Verhaftet sie!“

Die Wachen zerrten Anne weg.

„Philipp!“, schrie Anne. „Die Geschichte!“

Ja, natürlich!, dachte Philipp. „Die Geschichte der Dichterin. Das ist ganz bestimmt unsere aussichtsloseste Situation.“

Er griff in seine Tasche, zog die Schriftrolle der Dichterin hervor und hielt sie in den Himmel.

„Rette Anne“, rief er.

Aber als die vierspännigen Wagen gegeneinanderkrachten, ging Philipps Stimme völlig unter.

Er blickte sich verzweifelt nach jemandem um, der ihm helfen könnte.

Mit einem Mal wurde die Menschenmenge ganz still. Alle wandten sich um und beobachteten, wie ein riesiges weißes Pferd aus dem Staub auf sie zugaloppiert kam.

Die Menschen murmelten aufgeregt und überrascht durcheinander.

Dieses weiße Pferd war das schönste Tier, das Philipp je gesehen hatte.

Es zog einen leeren Streitwagen – und es galoppierte direkt auf Philipp zu.

Fliegt nach Hause!

Das weiße Pferd blieb an einer Mauer am Rand der Rennstrecke stehen.

Die Wachen starrten das Tier ehrfürchtig an.

Anne riss sich los und rannte zu Philipp hinüber. Der packte sie bei der Hand und rannte zu dem Pferd.

Da schrien die Wachen auf und liefen ihnen hinterher.

Aber sie kamen zu spät. Philipp und Anne waren bereits über die Mauer geklettert und in den Streitwagen gestiegen.

„Los! Los! Los!“, rief Anne dem weißen Pferd zu.

Das Tier bäumte sich auf und schlug mit den Vorderbeinen in die Luft.

Die Zuschauer, die an der Mauer standen, traten schnell zurück, und die Wachen erstarrten.

Philipp schaute zu Plato auf die Tribüne, der aufgestanden war, ihm zulächelte und winkte.

Plötzlich sprang das weiße Pferd nach vorn und zog den Streitwagen nach.

Philipp konnte Plato nicht einmal mehr zurückwinken. Alles, was er jetzt noch tun konnte, war, sich am Wagen festzuhalten, um nicht herauszufallen, während das Pferd neben den olympischen Wagenlenkern herlief.

Philipp wurde wild hin und her geschüttelt. Staub und Sand flogen ihm ins Gesicht. Mit geschlossenen Augen kauerte er sich in den Streitwagen.

Er hatte keine Ahnung, wo sie hinfuhren. Aber das war jetzt auch egal, denn das weiße Pferd hatte das Kommando.

Philipp hörte das Donnern der galoppierenden Pferde und der Rennwagen. Er hörte die schreienden Zuschauer.

Er spürte die harten Stöße des ratternden Streitwagens.

Plötzlich wurde er zurückgeworfen. Er spürte einen heftigen Windstoß und dann … Stille.

„Echt irre!“, rief Anne.

Philipp öffnete die Augen. Alles, was er sah, war blauer Himmel. Er rückte seine Brille zurecht und schaute sich um.

„Hilfe!“, rief er.

Dem weißen Pferd waren riesige Federflügel gewachsen. Und es zog den Wagen jetzt geradewegs in den Himmel.

Ängstlich klammerte sich Philipp an den Streitwagen und hielt sich so fest, wie er nur konnte.

„Zum Baumhaus, bitte!“, rief Anne.

Die Olympia-Zuschauer beobachteten den fliegenden Streitwagen mit ungläubigem Schweigen.

Das geflügelte Pferd ließ das Olympia-Gelände hinter sich, flog über den Zeustempel, über die Statue von Nike, über die heiligen Olivenbäume und das Gymnasium.

Dann ging es weiter über das Haus der Dichterin, das griechische Theater und das Feld mit den weißen Zelten.

Schließlich landete das geflügelte Pferd in der Nähe des Olivenhains.

Die Räder des Streitwagens holperten auf das Gras. Dann hielten sie langsam an.

Philipp und Anne stiegen aus.

Philipps Beine waren so wackelig, dass er kaum laufen konnte.

Anne ging zu dem Pferd und streichelte ihm über den Hals.

„Danke schön!", flüsterte sie.

Auch Philipp strich über den langen weißen Hals des Pferdes.

„Danke", sagte er. „Das war der beste Ritt, den ich je erlebt habe!"

Das Pferd schnaubte und stampfte mit den Hufen auf den Boden.

„Komm, Anne! Wir müssen hier weg, ehe die Wachen uns finden", drängte Philipp.

„Aber ich will das Pferd nicht zurücklassen. Es ist das allerschönste Pferd auf der ganzen Welt!", sagte Anne.

Tränen stiegen ihr in die Augen.

„Wir müssen aber gehen", beharrte Philipp.

Das Pferd senkte den Kopf und berührte Annes Stirn mit seiner weichen Nase. Dann schob es das Mädchen sanft in Richtung Baumhaus.

Anne schniefte zwar, aber sie ging. Philipp nahm sie bei der Hand, und zusammen liefen sie durch den Olivenhain zur Strickleiter des Baumhauses.

„Du zuerst!“, sagte Philipp.

Anne kletterte voraus und Philipp hinterher.

Als sie oben waren, rannte Anne sofort zum Fenster. Philipp schnappte sich das Pennsylvania-Buch.

Er deutete auf das Bild vom Wald von Pepper Hill und sagte: „Ich wünschte …“

„Schau mal!“, rief Anne.

Philipp kam auch zum Fenster. Das Pferd hatte seine großen Federflügel ausgebreitet und hob wieder ab.

Es flog hoch hinauf in den blauen Himmel von Olympia.

Dann verschwand es in den Wolken.

„Tschüss!“, flüsterte Anne, und eine Träne rollte ihr über die Wange.

Philipp deutete wieder auf das Pennsylvania-Buch.

„Ich wünschte, wir wären dort!“, sagte er.

Wind kam auf.

Das Baumhaus begann, sich zu drehen. Es drehte sich schneller und immer schneller.

Dann wurde alles still.

Totenstill.

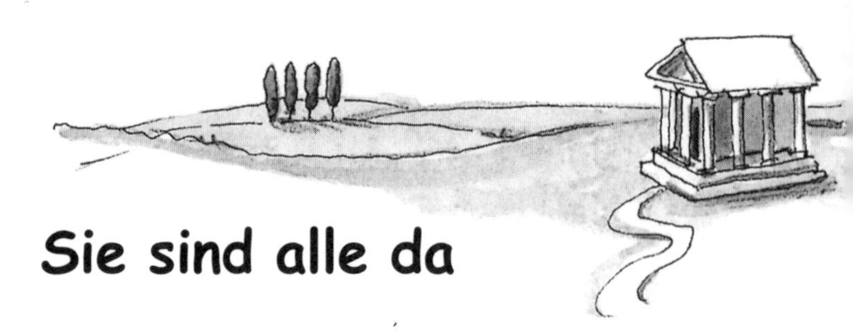

Sie sind alle da

Als Philipp die Augen wieder aufmachte, war es so dunkel, dass er nichts sehen konnte.

Er tastete über seine Kleidung. Jetzt trug er wieder seine Jeans und sein T-Shirt. Auch die Ledertasche hatte sich in seinen Rucksack zurückverwandelt.

„Hallo“, sagte Morgan. Ihre Stimme kam aus einer Ecke des Baumhauses.

„Hallo“, erwiderte Anne.

„Hattet ihr eine interessante Reise?“, fragte Morgan.

„Ich schon“, antwortete Philipp. „Nur Mädchen dürfen bei den alten Griechen gar nichts tun, was Spaß macht!“

„Aber bei einer Sache, die Spaß macht, war ich dabei“, erzählte Anne versonnen. „Ich habe in einem Streitwagen gesessen, der von einem fliegenden Pferd gezogen wurde.“

„Das war bestimmt ganz wundervoll!“, sagte Morgan. „Gut, dass ihr mir die Geschichte von Pegasus mitbringen konntet!“

„Wessen Geschichte?“, fragte Philipp.

„Pegasus“, wiederholte Morgan. „Das ist das große, geflügelte weiße Pferd aus der griechischen Sagenwelt.“

„Ach ja, ich glaube, ich habe schon mal von ihm gehört“, erinnerte Philipp sich.

Er griff in seinen Rucksack, tastete nach der Schriftrolle und gab sie Morgan. In der Dunkelheit konnte er die Zauberin kaum erkennen.

„Die Geschichte wurde von Anonymus geschrieben“, sagte Anne.

„Ich weiß“, antwortete Morgan. „In der Vergangenheit haben viele talentierte Frauen diesen Namen benutzt. Ihre Geschichte wird eine Bereicherung für meine Bibliothek in Camelot sein!“

„Plato hat uns geholfen, die Dichterin zu finden“, erzählte Philipp.

„Ah! Mein guter Freund Plato!“, sagte Morgan. „Er war einer der außergewöhnlichsten Denker, die je gelebt haben!“

„Und Pegasus war das außergewöhnlichste Pferd!“, seufzte Anne. „Ich wünschte, ich könnte Pegasus noch einmal wiedersehen!“

„Aber das kannst du doch auch!“, flüsterte Morgan. „Er ist hier!“

„Pegasus?“, rief Anne. „Echt?“

Anne machte ihre Taschenlampe an und kletterte im Lichtschein die Strickleiter nach unten.

Philipp packte seinen Rucksack und folgte Anne.

Als sie beide unten standen, leuchtete Anne mit ihrer Taschenlampe zwischen die dunklen Bäume.

„Pegasus?“, rief sie. „Wo bist du? Pegasus?“

Morgan sah aus dem Fenster des Baumhauses nach unten. „Mach deine Taschenlampe aus, Anne“, bat sie.

Anne knipste die Lampe aus.

„Nachts, wenn es dunkel ist, könnt ihr Pegasus sehen. Er ist hier bei euch in Pepper Hill!“, sagte Morgan.

Philipp rückte seine Brille zurecht und starrte in den dunklen Wald.

„Wo ist er, Morgan?“, rief Anne ungeduldig. „Wo ist Pegasus?“

„Schau genau hin“, forderte Morgan sie auf.

„Ich kann ihn aber nicht sehen!“, jammerte Anne.

„Doch, das kannst du“, beharrte Morgan. „Die alten Sagen sind immer um uns. Wir sind nie allein.“

Ob Morgan wohl verrückt geworden ist?, überlegte Philipp.

„Schaut nach oben!“, sagte Morgan. „Ihr könnt Pegasus am Nachthimmel sehen. Er ist in den Sternen!“

„In den Sternen?“, wiederholte Philipp verständnislos.

Morgan deutete mit dem Finger in den Himmel. „Die alten Griechen haben eines ihrer Sternbilder Pegasus genannt“, erklärte sie. „Dort oben am Himmel galoppiert er.“

Philipp und Anne blickten nach oben. Tatsächlich! Jetzt sahen auch sie Pegasus: Der weiße Pferdekörper, die großen Flügel und die weit ausgreifenden Beine bestanden aus glitzernden Sternen.

„Jetzt sehe ich ihn!“, rief Anne. Dann flüsterte sie: „Ich hab dich lieb, Pegasus!“

Philipp hatte den Eindruck, als würden die Sterne sich so bewegen, dass Pegasus sich gerade am Himmel aufbäumte.

Nach einem atemlosen Moment der Stille senkte Morgan ihren Arm, und der Nachthimmel wurde wieder zu einem mit winzigen Sternen übersäten Feld.

„Ihr habt wirklich schon ganz erstaunliche Abenteuer gemeistert“, lobte Morgan die Geschwister. „Ich würde euch bedenkenlos jeden wichtigen Auftrag anvertrauen!“

„Heißt das, dass wir noch weitere Reisen machen werden?“, fragte Philipp.

„Genau das heißt es!“, bestätigte Morgan. „Noch viele weitere!“

Philipp lächelte erleichtert.

„Und wann bekommen wir unseren nächsten Auftrag?“, fragte Anne.

„Ich weiß es nicht genau“, antwortete Morgan. „Aber ihr könnt am Dienstag wiederkommen und schauen, ob das Baumhaus da ist. Geht jetzt nach Hause und ruht euch aus!“

„Dienstag!“, wiederholte Philipp. „Also, dann vielleicht bis Dienstag. Auf Wiedersehen, Morgan!“

„Auf Wiedersehen“, verabschiedete sich Anne.

„Lebt wohl!“, erwiderte Morgan.

Es gab einen plötzlichen Windstoß, und gleißende Lichtblitze zuckten durch den Wald. Dann waren Morgan und das magische Baumhaus verschwunden.

Die Nacht war still.

„Gehen wir nach Hause?“, fragte Anne.

„Klar!“, erwiderte Philipp.

Der Wald, durch den sie gingen, war stockdunkel.

Philipp konnte nicht einmal seine Hand vor Augen sehen.

Aber er bat Anne nicht, die Taschenlampe anzumachen, denn er hatte keine Angst. Er war sich sicher, dass sie den Weg nach Hause finden würden.

Irgendwie hatte er das Gefühl, als ob jemand – oder etwas – sie durch den Wald begleiten würde.

Er erinnerte sich an Morgans Worte: „Die alten Sagen sind immer um uns. Wir sind nie allein.“

Philipp sah noch einmal hinauf zu den Sternen. Sie verblassten schon langsam im zunehmenden Licht der Morgendämmerung.

Und dann bildete er sich ein, das Schlagen riesiger Flügel zu hören – irgendwo da draußen, hoch über ihm.

Für Bill Kruse

Forscherhandbuch Olympia

I

Das alte Griechenland

Griechenland liegt am Mittelmeer. Es ist ein Land mit hohen Bergen und tiefen Tälern. Auf den meist trockenen, steinigen Hängen wachsen Olivenbäume und Weinstöcke.

Seit Tausenden von Jahren ist Griechenland von Menschen besiedelt. Die ersten Bewohner waren einfache Hirten, Bauern und Fischer. Doch im Laufe der Zeit entstanden auch große Städte.

Mit <u>Antike</u> wird das griechisch-römische Altertum bezeichnet, das um 1100 v. Chr. beginnt und im 4. bis 6. Jahrhundert n. Chr. endet.

Schon in der Antike brachten die Griechen große Künstler, Baumeister und Denker hervor. Bis zum Jahr 500 v. Chr. hatte sich die griechische Kultur über die ganze Mittelmeerküste und bis ans Schwarze Meer ausgebreitet.

Athen

Das alte Griechenland bestand aus etwas 300 Stadtstaaten. Das griechische Wort für „Stadtstaat“ ist *polis.* Ein solcher Stadtstaat setzte sich aus einer Stadt und deren Umland zusammen und wurde von der Stadt aus regiert. Einer der mächtigsten Stadtstaaten war Athen. Athen war ein Zentrum der Kunst und der Bildung. Die Einwohner Athens nannte man Athener. Die Athener hatten viel Sinn für das Schöne. Sie errichteten prächtige Bauten, schufen großartige

Ruinen des alten Athen

Kunstwerke, schrieben Gedichte und Theaterstücke und beschäftigten sich mit Mathematik und den Naturwissenschaften.

Athen hatte eine der ersten demokratischen Regierungen der Welt. Das bedeutet, dass anstelle eines Königs die Bürger sich selbst regierten.

Wahlen waren ein wichtiger Bestandteil der griechischen Demokratie. Es durften nur erwachsene männliche Bürger wählen.

Über die Hälfte der Einwohner Athens waren Sklaven.

Als Bürger galt, wer in Athen geboren war. Frauen durften jedoch nicht wählen. Da Sklaven nicht als Bürger zählten, hatten auch sie kein Wahlrecht.

Wähler
Bürger
Nur Männer
Keine Sklaven

Sparta

Rivalen sind Feinde.

Ein mächtiger Rivale Athens war Sparta. Die beiden Stadtstaaten führten viele Kriege gegeneinander. Doch manchmal verbündeten sie sich auch gegen andere.

Anders als Athen war Sparta keine Demokratie, sondern wurde von zwei Königen regiert.

Die Spartaner waren sehr kriegerisch.

Deshalb verwendeten sie viel Energie auf die militärische Ausbildung. Sie teilten nicht die Liebe der Athener zur Kunst und hinterließen uns weder prächtige Bauten noch große Kunstwerke.

Manchmal zogen griechische Soldaten auf Elefanten in den Kampf.

Dieser Helm eines griechischen Soldaten stammt etwa aus dem Jahr 600 v. Chr.

Athen und Sparta waren sehr verschieden. Doch trotz aller Unterschiede hatten die beiden Stadtstaaten auch viele Gemeinsamkeiten. Man sprach dieselbe Sprache (nämlich Griechisch), verehrte dieselben Götter und pflegte oftmals die gleichen Bräuche.

Das alte Griechenland
Athen
Sparta
Ionisches Meer
MITTELMEER
Die Seefahrer orientierten sich an den Sternen und segelten in Sichtweite der Küsten. Oft waren die Schiffe mit Olivenöl, Weintrauben und Getreide beladen. Für diese Waren kauften die Griechen Holz, Metall und Sklaven ein.

Die meisten griechischen Städte lagen in Küstennähe. Es gab nur wenige Straßen. Im Normalfall war es weniger beschwerlich, mit dem Schiff zu reisen als über das hügelige Land.
Ägäis
Perserreich
Rhodos
reta
Die Griechen segelten auf kleinen Holzschiffen übers Mittelmeer. Manche Schiffe besaßen nur ein Segel, andere hatten auch Ruder.

2

Religion

Die Religion spielte im alten Griechenland eine große Rolle. Die Griechen verehrten viele verschiedene Götter. Diese sahen in ihrer Vorstellung wie Menschen aus und benahmen sich auch so – nur, dass sie über besondere Kräfte verfügten. Man erzählte sich gerne Geschichten über die Götter. Diese Geschichten nennt man Göttersagen oder *Mythen*.

Die Griechen hatten zwölf Hauptgötter. Diese, so glaubten sie, wohnten auf dem Gipfel des höchsten Bergs Griechenlands, dem Olymp.

Dort oben ließen es sich die Götter gut gehen. Sie lagen den ganzen Tag lang nur herum und futterten leckeres Essen, die sogenannte *ambrosia*.

Religion

12 Hauptgötter

Lebten auf dem Berg Olymp

Aßen Ambrosia

Wenn die Götter zornig waren, straften sie nach dem Glauben der alten Griechen die Menschen. Deshalb brachten die Griechen ihnen Geschenke dar und beteten zu ihnen, um sie milde zu stimmen. An Hausaltären baten sie ihre Lieblingsgötter um Schutz.

Tempel

Die Griechen bauten ihren Göttern Tempel, die häufig sehr groß und in ihrer

Tempel des Hephaistos in Athen

Pracht äußerst beeindruckend waren. In jedem Tempel stand eine Götterstatue. Einige dieser Standbilder waren sogar über 13 Meter hoch. Das entspricht ungefähr der Länge eines Reisebusses. Manche Statuen waren mit Gold und Elfenbein verkleidet.

Statue der Athene

Manchmal wurden für Frauen und Männer getrennte Feierlichkeiten abgehalten.

Feste

Zu Ehren der Götter feierten die Griechen viele Feste. Oft kamen die Leute von weit her, um an den Feierlichkeiten teilzunehmen. Sie liefen in langen Reihen, sogenannten Prozessionen, zum Tempel und brachten den Göttern Essen, Tiere und andere Geschenke als Opfergaben dar.

Opfergaben wie Wolle und Obst trugen die Leute meist in Körben oder an Stäben über der Schulter.

Beim Tempel angekommen, wuschen die Menschen manchmal die Götterstatue und legten ihr neue Kleider an.

Im Zuge solcher Feierlichkeiten fanden zu Ehren der Götter oft auch Sportwettbewerbe statt. Die Griechen glaubten nämlich, dass Sport den Göttern gefiel. Außerdem tanzten die Menschen und machten Musik.

Zeus

Zeus war der oberste Gott. Er war der Gott des Himmels, der Wolken und des Regens. Wenn er zornig war, schleuderte er Blitz und Donner auf die Erde. Diejenigen, die es ihm recht machten, belohnte er reich. Doch wer ihn erzürnte, der musste sich in Acht nehmen! Einer von Zeus' Feinden war Atlas. Zeus verdammte ihn dazu, für alle Zeiten den Himmel auf seinem Rücken zu tragen!

Nach Atlas sind auch Kartenwerke benannt.

Zeus war zwar mit Hera verheiratet, doch er hatte viele Liebschaften, die er vor ihr geheim zu halten versuchte. Zeus soll zu griechischen Priesterinnen durch das Rauschen von Eichenblätter gesprochen haben.

Hera

Hera war die Göttin der Ehe und der verheirateten Frauen. Voller Eifersucht beobachtete sie die Liebschaften ihres Mannes Zeus und machte ihrem Ärger lautstark Luft. Wenn die beiden Krach

hatten, dann bebte und zitterte der Himmel!

Zeus' Geliebten verzieh Hera niemals. Sie verwandte viel Zeit und Energie darauf, sich an ihnen zu rächen. Einmal argwöhnte sie, dass ihr Mann sich wieder bei anderen Frauen herumtrieb, und machte sich auf die Suche nach ihm. Doch dann wurde sie von einem wunderschönen Mädchen namens Echo abgelenkt. In Zeus' Auftrag lachte und schwatzte Echo mit Hera, damit Zeus Zeit für seine Geliebten hatte.

Aus dieser Geschichte stammt unser Wort Echo.

Poseidon

Zeus hatte einen Bruder namens Poseidon. Er war der Gott der Meere und wohnte in einem Palast auf dem Meeresboden. Er trug immer einen *Dreizack* bei sich. Wenn er zornig war, stieß er ihn ins

Wasser und löste damit verheerende Erdbeben, Stürme und Überschwemmungen aus, die viele Opfer forderten.

Eine Göttersage erzählt, dass Poseidon sehr erzürnt über einen verlorenen Krieg der Griechen war. Als die Soldaten mit ihren Schiffen nach Griechenland heimkehren wollten, schickte er ihnen einen schweren Sturm entgegen, in dem alle Schiffe sanken.

Die Seeleute dankten Poseidon immer, wenn das Meer ruhig und gut schiffbar war.

Ein Dreizack ist ein Speer mit drei Spitzen.

Aphrodite

Aphrodite war die Göttin der Liebe und der Schönheit. Manche Mythen besagen, dass sie aus dem Schaum der Wellen geboren sei.

<u>Aphros</u> ist das griechische Wort für „Schaum“.

Aphrodite war so liebreizend, dass ihr niemand widerstehen konnte. Wenn sie über eine Wiese lief, entsprossen der Erde dort, wo ihre Füße den Boden berührt hatten, die schönsten Blumen, und die Wellen lachten, wenn sie vorüberkam.

Aphrodite wird immer mit einem Lächeln dargestellt. Aber sie sorgte unter den Göttern auch für einigen Zwist, weil sich alle in sie verliebten.

Oft wird sie in Verbindung mit der Taube gebracht. Als Baum wird ihr die Myrte zugeordnet.

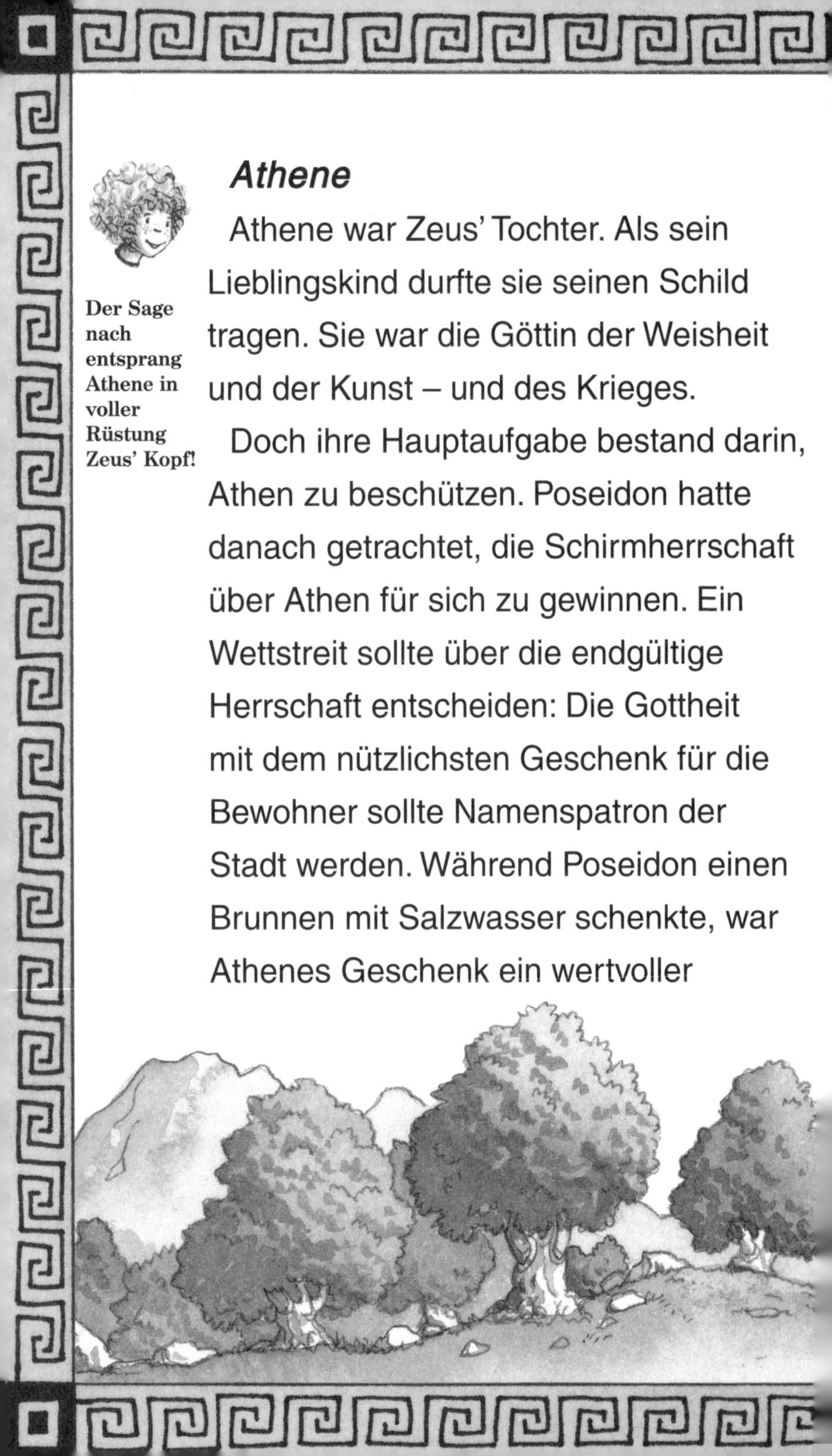

Athene

Der Sage nach entsprang Athene in voller Rüstung Zeus' Kopf!

Athene war Zeus' Tochter. Als sein Lieblingskind durfte sie seinen Schild tragen. Sie war die Göttin der Weisheit und der Kunst – und des Krieges.

Doch ihre Hauptaufgabe bestand darin, Athen zu beschützen. Poseidon hatte danach getrachtet, die Schirmherrschaft über Athen für sich zu gewinnen. Ein Wettstreit sollte über die endgültige Herrschaft entscheiden: Die Gottheit mit dem nützlichsten Geschenk für die Bewohner sollte Namenspatron der Stadt werden. Während Poseidon einen Brunnen mit Salzwasser schenkte, war Athenes Geschenk ein wertvoller

Olivenbaum. So wurde ihr die Stadt zugesprochen.

Phoibos Apollon

Zeus war auch der Vater von Phoibos Apollon. Phoibos bedeutet auf Deutsch „hell und strahlend“. Meist wurde er einfach nur Apollon genannt.

Mit seinem glänzenden goldenen Haar sah er sehr gut aus. Er war der Gott der Sonne, der Musik und der Dichtkunst.

Apollon hatte stets einen silbernen Bogen dabei und sauste in seinem Wagen über den Himmel. Oft spielte er den anderen Göttern auf seiner goldenen Leier vor.

Eine Leier ist ein harfenähnliches Instrument.

3

Alltag im alten Griechenland

Griechische Städte besaßen meist Stadtmauern. Der ummauerte Bezirk von Athen hieß *Akropolis* und lag auf einem Hügel über der Stadt. Die Leute wohnten nicht dort oben auf der Akropolis, dem heiligen Tempelbezirk, sondern in Häusern unterhalb der befestigten Anlage.

Ein wichtiger Teil des täglichen Lebens spielte sich auf der Agora ab. Das war der Marktplatz. Dort wurden Nahrungsmittel, Handwerkswaren und andere Haushaltswaren feilgeboten. In Athen erledigten normalerweise die Männer die Einkäufe. Außerdem traf man sich auf der Agora, um sich zu unterhalten und Neuigkeiten auszutauschen. Am Marktplatz befanden sich auch wichtige öffentliche Gebäude, Tempel und andere Häuser.

Agora kommt von einem griechischen Wort, das „zusammenkommen“ bedeutet.

Die Häuser

Die griechischen Häuser und Mietshäuser waren aus Stein, Lehm oder Holz gebaut, die Dächer mit Ziegeln oder Schilfrohr gedeckt.

Im Inneren gab es meist nur sehr wenige Zimmer, die mit Holzstühlen, Tischen und Liegen eingerichtet waren. Habseligkeiten und Vorräte verstaute man in Körben und Truhen.

Liegen dienten oft sowohl als Sitzgelegenheit als auch zum Schlafen.

Im Zentrum des Hauses befand sich ein offener Innenhof. Bei gutem Wetter hielt sich die Familie gern dort auf.

Manchmal kochte und aß die Familie im Hof. Oft gab es Brot, Olivenöl, Ziegenkäse und einen Getreidebrei. Auch Feigen, Weintrauben und Honig kamen auf den Tisch.

Kleidung und Körperpflege

Beim Sport banden Mädchen und Frauen ihre Tunika mit einem Gürtel hoch.

Die Griechen kleideten sich sehr schlicht. Sie trugen ein rechteckiges Stück Stoff, die sogenannte *tunika*. Männer trugen eine knielange Tunika, die man *chiton* nannte, Frauen und Mädchen eine längere Tunika, den sogenannten *peplos*.

Frau, die einen peplos trägt

Griechische Männer und Frauen verwendeten duftendes Haaröl.

Zu Hause liefen die Griechen oft barfuß. Ansonsten trugen sie Sandalen, Pantoffeln oder Stiefel.

Kleide dich wie die alten Griechen!
1. Hol dir ein altes Bettlaken.
2. Leg es einmal zusammen.
3. Wickle es um deinen Körper.
4. Steck es an den Schultern mit Sicherheitsnadeln zusammen.
5. Binde dir einen Gürtel um.
6. Vorsicht! Nicht stolpern!

**Hilfe!
Blei ist doch giftig!**

Reiche Frauen trugen Schmuck und schminkten sich. Manche puderten sich das Gesicht mit Bleiweiß, um vornehm blass auszusehen. Die Männer gingen oft zum Friseur, um sich die Haare schneiden zu lassen und Freunde zu treffen. Ein alter Grieche hat geschrieben, dass es beim Friseur wie auf einer Feier sei – nur ohne Wein.

Dieses alte griechische Bild zeigt eine Frau, die sich in einem Spiegel aus polierter Bronze betrachtet.

Erziehung und Bildung

Im alten Griechenland gingen nur die Jungen zur Schule. In Athen wurden sie mit sieben Jahren eingeschult und im Lesen, Schreiben und in der Dichtkunst unterwiesen. Weitere Fächer waren Musik und Sport. Sport hatte einen hohen Stellenwert. Man glaubte, dass nur in einem gesunden, starken Körper ein gesunder Geist wohnen könne.

Manchmal wurden Sklaven mit den Jungen zur Schule geschickt, damit sich die Kinder gut benahmen!

Wenn ein Mädchen auf die Welt kam, hängte die Familie Wolle an die Tür.

Die Mädchen blieben in Athen zu Hause und lernten, den Haushalt zu führen. Die Mütter brachten ihren Töchtern meist das Spinnen, Weben, Nähen und Kochen bei. Reiche Mädchen wurden daheim im Lesen und Schreiben unterrichtet.

Die beiden Frauen auf der rechten Seite bereiten Wolle vor, um daraus Stoff zu weben.

Die Jungen aus Sparta kamen mit sieben Jahren auf die Militärschule. Dort wurden sie zu Soldaten ausgebildet.

In Sparta hatten Mädchen mehr Freiheiten als in Athen. Obwohl sie nicht zur Schule gehen durften, hatten sie Unterricht in Sport, im Singen und im Tanzen.

Wenn ein Junge zur Welt kam, hängte die Familie einen Ölzweig an die Tür.

Heirat

Griechische Mädchen und Frauen kamen nur selten mit Männern zusammen, die nicht zur Familie gehörten. Wenn Männer zu Besuch kamen, zogen sich die Frauen und Mädchen in ein anderes Zimmer zurück. Dennoch heirateten die athenischen Mädchen sehr jung. Meist waren sie nicht älter als 15!

Ihre Väter suchten ihnen Ehemänner aus, die oft schon über 30 Jahre alt waren.

Artemis war die Göttin der Wildnis und die Schutzpatronin der Kinder.

Vor der Hochzeit übergaben die Mädchen all ihr Spielzeug der Göttin Artemis. Das versinnbildlichte das Ende ihrer Kindheit.

Spaß und Spiel

Die alten Griechen spielten gerne in ihrer Freizeit. Manche Brettspiele waren unserem heutigen Schach und Dame ähnlich.

Diese beiden Figuren stellen zwei Personen bei dem beliebten griechischen „Knöchelchen-Spiel" dar.

Die Jungen und Mädchen spielten mit Reifen und Puppen sowie mit Tieren aus Ton oder Holz.

Kinder hielten Vögel, Hunde, Mäuse, Schildkröten und Ziegen als Haustiere.

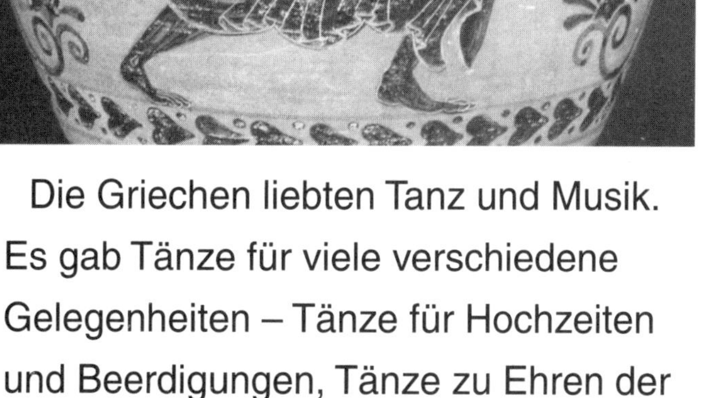

Die Griechen liebten Tanz und Musik. Es gab Tänze für viele verschiedene Gelegenheiten – Tänze für Hochzeiten und Beerdigungen, Tänze zu Ehren der Götter und zur Erntezeit. Auch gewonnene Schlachten feierte man mit Siegestänzen.

Hirten machten sogar für ihre Schafe Musik.

Gymnasion stammt von einem griechischen Wort, das „nackt trainieren“ bedeutet! Igittigitt!

Tagsüber verbrachten die Jungen und Männer einen Teil ihrer Zeit im *gymnasion*. Das war ein von Säulen gesäumter Hof, in dem sie Sport trieben.

Abends gab es manchmal Feiern, die sogenannten *Symposien*, bei denen allerdings nur Männer eingeladen waren. Bis auf Sklavenmädchen waren Frauen und Mädchen nicht erlaubt. An der Tür wurden die Gäste von Sklaven empfangen, die ihnen die Füße wuschen.

Man trank Wein, aß und unterhielt sich. Manchmal trug auch jemand ein Gedicht vor oder sang etwas.

Den alten Griechen wurde nie langweilig. Sie hatten Spaß mit ihrer Familie und den Freunden. Sie feierten gern – und am liebsten mit Musik und Tanz. Wie wir legten sie viel Wert auf Sport und Fitness. Doch im Mittelpunkt stand für viele Griechen die Liebe zu Bildung und zum Schönen.

Bei Festen lagen die Männer auf Liegen. Manchmal trugen sie sogar Blumen im Haar.

Olivenbäume

Es gibt Olivenbäume, die über 2 000 Jahre alt sein sollen!

Olivenbäume gedeihen auf dem trockenen, steinigen Boden Griechenlands besonders gut. Im Laufe der Zeit spielten die Olivenbäume für die alten Griechen eine immer wichtigere Rolle.

Olivenbäume sind sehr widerstandsfähig. Für die Griechen standen sie für Kraft und Frieden. Mancherorts galt es als schweres Verbrechen, einen Olivenbaum zu fällen.

Die Griechen reinigten ihre Haut mit Olivenöl und verwendeten es auch für die Haare.
Ein griechischer Dichter bezeichnete das Olivenöl als „flüssiges Gold“.

TIMEO

4

Die Kultur der alten Griechen

Das alte Griechenland ist berühmt für seine Kultur. Als „Kultur“ bezeichnet man die Art und Weise, wie eine Gruppe von Menschen denkt und lebt. Dazu gehört auch die Kunst dieser Menschen. Die Griechen waren große Denker, Schriftsteller, Künstler und Baumeister. Zudem machten sie viele Entdeckungen im Bereich der Wissenschaft und Medizin. Noch heute sind die Werke der alten Griechen von großer Bedeutung.

Philosoph bedeutet auf Deutsch „Freund der Weisheit“.

Philosophie

Zu den klügsten Köpfen Griechenlands zählten die *Philosophen*. Philosophen sind Menschen, denen Weisheit und Bildung über alles geht. Im alten Griechenland arbeiteten die Philosophen oft als Lehrer.

Einer der größten Philosophen war Sokrates. Er lebte und wirkte in Athen. Sokrates lehrte die Menschen, wie sie ihr Leben am besten leben sollten. Zum Beispiel war er der Meinung, dass Geld allein nicht glücklich macht, gute Taten hingegen schon.

Sokrates hinterließ keine Schriften, doch sein Schüler Platon schrieb seine Lehren nieder. Auch er wurde ein berühmter Philosoph und leitete in Athen eine Schule – die sogenannte Akademie.

Wissenschaft und Medizin

Die meisten Griechen hielten die Erde für den Mittelpunkt des Universums. Falsch gedacht!

Wir verdanken den Griechen große Entdeckungen im Bereich der Wissenschaft und Medizin. Griechische Wissenschaftler studierten die Gezeiten und die Sterne und fanden sogar heraus, wie man eine Sonnenfinsternis vorhersagen kann! Einige von ihnen waren bereits der Ansicht, dass die Erde eine Kugel sei und keine Scheibe. Griechische Ärzte erforschten den menschlichen Körper, um herauszufinden, wie er arbeitet. Einer der berühmtesten unter ihnen hieß Hippokrates. Er schrieb einen Eid für Ärzte nieder. Ein Eid ist ein Schwur.

Hippokrates

Als Medizin verwendeten die griechischen Ärzte Kräuter und andere Pflanzen.

Die griechischen Ärzte versprachen, keinem Kranken ein Leid zuzufügen. Noch heute legen Ärzte diesen Eid ab. Er heißt hippokratischer Eid.

Griechische Architektur

Griechische *Architekten* erschufen unglaubliche Bauwerke. Ein Architekt ist jemand, der Gebäude entwirft. Der *Parthenon* auf der Akropolis ist ein

Parthenon in Athen

Meisterwerk der Baukunst. Er war der Tempel der Athene.

Das griechische Theater

Eine Tragödie ist ein Theaterstück mit traurigem Ausgang.

Die Griechen schrieben einige der besten Theaterstücke der Welt. *Tragödien* waren damals groß in Mode. Die Schriftsteller standen untereinander in einem Wettbewerb. Natürlich wollte jeder, dass sein Stück aufgeführt wird.

Die Griechen erbauten die ersten Freiluft-Theater, die *Amphitheater*. Diese waren im Halbkreis auf einen Abhang gebaut. Die Sitzreihen zogen sich den

Theater von Epidauros

Theater wie dieses hier boten Platz für bis zu 14 000 Zuschauer.

Hang hinauf, sodass jeder gute Sicht hatte.

Als Schauspieler traten nur Männer auf. Vorne an der Bühne stand eine Gruppe von Sängern, die den sogenannten *Chor* bildeten. Der *Chor* erläuterte den Zuschauern das Geschehen.

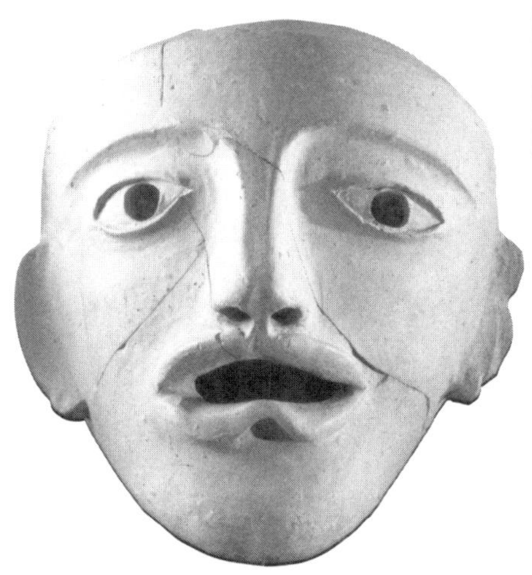

Griechische Theatermaske

Die Schauspieler trugen stets Masken.

Dichtung

Die Griechen trugen gern Gedichte vor. Einer ihrer größten Dichter war Homer, dessen Werke über 2700 Jahre alt sind.

Homer war wahrscheinlich blind.

Er verfasste zwei berühmte Verserzählungen. Die eine ist die *Ilias*, in der es um einen Krieg zwischen Griechen und Trojanern geht.

Die andere trägt den Titel *Odyssee* und handelt von den Abenteuern eines Helden namens Odysseus. Noch heute sind diese beiden Werke bekannt.

Kunst

Die Griechen waren große Künstler und Kunsthandwerker. In Athen gab es zum Beispiel überall Werkstätten von Bildhauern, die wunderschöne Statuen aus Bronze und Marmor schufen. Griechische Töpfer stellten herrliche Töpferwaren her. Die Verzierungen auf vielen athenischen Vasen zeigen Szenen aus dem Leben großer Helden. Auf anderen kann man sehen, wie die Leute sich kleideten und wie sie lebten.

Die alten Griechen hinterließen uns ein reiches kulturelles Erbe. Noch heute lesen wir ihre Schriften und schauen uns ihre Theaterstücke an und noch immer studieren wir ihre Philosophen und bewundern ihre Kunst und Architektur. Man kann nur staunen, was die alten Griechen schon alles konnten und wussten!

Blättere um, und lerne Griechisch!

Sprich Griechisch
Deutsch
Anker
Bibel
Demokratie
Drama
Klima
Museum
Olympische
Spiele
Schule
Theater
Zone

Im Deutschen gibt es eine Menge Wörter, die aus dem Griechischen stammen. Sogar das Wort Alphabet ist aus den beiden ersten Buchstaben des griechischen Abcs zusammengesetzt: alpha und beta!

Pfui Spinne! Bei den ersten Olympischen
Spielen trugen die Athleten noch
Tuniken. Später waren sie bei den
Wettkämpfen nackt!

5

Die Anfänge der Olympischen Spiele

Dem Glauben der alten Griechen zufolge gefiel den Göttern Sport. Deshalb hielten sie zu ihren Ehren Sportveranstaltungen und Wettkämpfe ab. Die Olympischen Spiele waren ursprünglich ein Fest für den Gott Zeus.

Von griechisch stadion kommt unser Wort „Stadion“.

Die ersten Olympischen Spiele fanden 776 v. Chr. statt, und zwar in Olympia im Stadtstaat Elis. Damals gab es nur einen einzigen Wettkampf: einen Wettlauf, der sich *stadion* nannte.

Mit der Zeit kamen weitere Sportarten hinzu – und die Menschen von immer weiter her, um bei den beliebten Spielen zuzuschauen.

Boten

Die Olympischen Spiele wurden alle vier Jahre ausgetragen und dauerten fünf Tage. Sie fanden immer in den heißen Sommermonaten statt. Wenn es wieder an der Zeit war, wurden Boten ausgesandt, die ganz Griechenland bereisten, um die Termine für die Spiele zu verkünden.

Die Boten waren leicht zu erkennen. Sie trugen Umhänge und hatten Stäbe dabei!

Wer durfte teilnehmen?

Nur griechische Bürger durften an den Spielen teilnehmen. Verbrecher waren ausgeschlossen. Frauen und Sklaven ebenfalls.

Zuschauen durften Frauen und Mädchen, die nicht verheiratet waren.

Jeder Stadtstaat wählte seine besten Sportler aus, um sie zu den Spielen zu schicken. Die *Athleten* kamen also aus ganz Griechenland.

Manche waren einfache Hirten oder Fischer, andere mächtige Generäle oder Geschäftsleute. Doch bei den Olympischen Spielen zählte nur ihr sportliches Können.

Athlet ist von einem griechischen Wort abgeleitet, das „um einen Preis wetteifern" bedeutet.

Die ersten Olympischen Spiele

In Olympia abgehalten
Fest zu Ehren des Zeus
Griechische Bürger
Keine Verbrecher
Keine Frauen oder Sklaven

Kallipateira

Es gab jedoch eine Frau, die sich nicht an die Regeln hielt. Sie hieß Kallipateira. Ihr Vater und ihr Bruder waren beide Olympiasieger. Nachdem ihr Mann gestorben war, trainierte sie ihren Sohn für die Spiele.

Als Witwe galt sie weiterhin als verheiratete Frau und durfte bei den Wettkämpfen eigentlich nicht zuschauen. Doch sie verkleidete sich als Mann und ging todes-

mutig ins Stadion. Als ihr Sohn gewann, sprang sie voller Freude über eine Absperrung, um ihm zu gratulieren. Aber sie blieb mit den Kleidern hängen, und man sah, dass sie kein Mann war. Kallipateira hatte jedoch Glück. Da sie aus einer berühmten Familie stammte, entging sie einer Strafe.

Der olympische Friede

Im alten Griechenland führte ständig jemand Krieg. Die Stadtstaaten kämpften gegeneinander und auch gegen andere Länder. Doch während der Olympischen Spiele mussten die Waffen ruhen, damit di Sportler die olympischen Stätten gefahrlos erreichen und von dort abreisen konnten.

Die Regeln des olympischen Friedens:

1. Keine Kampfhandlungen während des Trainings und der Spiele.
2. Armeen und bewaffnete Männer dürfe die olympischen Stätten nicht betreten.
3. Keine Todesurteile während der Spiele
4. Sichere An- und Rückreise der Athlete innerhalb Griechenlands.

Training

Bevor die Spiele begannen, trainierten die Athleten etwa neun Monate lang zu Hause mit ihren Betreuern. Diese deuteten mit langen Stäben auf die Muskelpartien, die die Athleten einsetzen sollten. Manche Betreuer ließen ihre Schützlinge sogar zu Flötenmusik trainieren. Das sollte ihnen Rhythmus und Anmut vermitteln.

Diese griechische Vase zeigt einen Trainer mit seinem Stab.

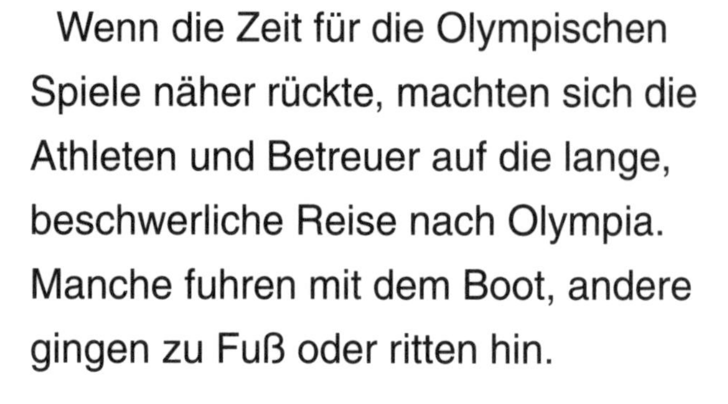

Wenn die Zeit für die Olympischen Spiele näher rückte, machten sich die Athleten und Betreuer auf die lange, beschwerliche Reise nach Olympia. Manche fuhren mit dem Boot, andere gingen zu Fuß oder ritten hin.

Elis war eine Stadt im Stadtstaat Elis.

Die Ankunft in Elis

Am Ende ihrer Reise kamen die Sportler in der Stadt Elis nahe Olympia an. Hier trainierten sie, bis die Spiele schließlich begannen.

Wenn jemand schummelte, wurde er mit einer Geldstrafe oder mit Schlägen bestraft.

In Elis wurden sie von den olympischen Kampfrichtern in Empfang genommen. Die Kampfrichter trugen auf dem Kopf Lorbeerkränze. Sie sorgten dafür, dass die Athleten die Regeln befolgten, und teilten sie in Altersklassen ein. Normalerweise trat man immer gegen Leute seiner eigenen Altersklasse an.

Bevor die Sportler mit dem Training beginnen konnten, mussten sie die Sportstätten mit Sand bestreuen und Unkraut jäten!

Zwei Tage vor den Spielen brachen Sportler, Betreuer und Kampfrichter dann in einem großen Umzug nach Olympia auf.

Auf der nächsten Seite erfährst du, wie die alten Griechen trainiert haben.

Trainiere wie die alten Griechen!

1. Lass dir beim Üben von jemandem auf der Flöte vorspielen.

2. Trainiere in der Turnhalle oder einfach draußen auf der Wiese. Dort musst du dich aber vor Ziegen in Acht nehmen!

3. Iss Weintrauben, Feigen, Honig oder Ziegenkäse, um schnell neue Energie zu tanken.

4. Sei ein guter Verlierer!

6

Die olympischen Stätten

Als die Athleten in Olympia einliefen, säumten Tausende von Menschen die Straßen, um ihnen zuzujubeln. Die Zuschauer waren aus ganz Griechenland herbeigeströmt.

Zu den Olympischen Spielen reisten bis zu 50 000 Leute an!

Überall in Olympia waren kleine Zelte aufgeschlagen, in denen die meisten Zuschauer und Sportler schliefen. Doch einige reiche Besucher hatten auch große, prächtige Zelte, in denen sie allabendlich Feste feierten.

Mit 70 ging Platon noch immer zu den Olympischen Spielen!

Es gab jede Menge zu tun. Man traf alte Freunde und holte sich an Ständen etwas zu essen. Außerdem gab es Musik und Tanz. Philosophen hielten Reden, und Dichter versammelten ganze Trauben von Zuhörern um sich, wenn sie ihre neuesten Gedichte und Verserzählungen vortrugen.

Die Altis

<u>Altis</u> **bedeutet so viel wie „kleines Wäldchen“, „Hain“.**

Die *Altis* war eine der wichtigsten Stätten in Olympia. Sie war ein heiliger Hain inmitten der Anlagen.

Dort standen die Tempel von Zeus und Hera sowie viele Schreine und Altäre. Die Menschen kamen hierher, um zu beten und Opfer darzubringen.

Während der Olympischen Spiele gab es immer eine Vollmondnacht. In dieser Nacht bildete sich eine lange Prozession zum Tempel des Zeus. Dort angekommen, brachten ihm die Menschen Opfergaben dar und beteten. Bei manchen Olympischen Spielen wurden bis zu 100 Ochsen geopfert!

Auf der nächsten Seite erfährst du alles über die gigantische Statue des Zeus.

Die Statue des Zeus
Im Tempel des Zeus bewunderten viele
Besucher dessen Statue.

Der Bildhauer Phidias hatte einen riesengroßen Zeus erschaffen, der auf einem Thron saß. Ein alter Grieche schrieb, dass Zeus sich, wenn er aufstehen könnte, den Kopf an der Decke stoßen würde! Die mit Elfenbein und Gold verkleidete Statue kam den Menschen wie ein Wunder vor. Aber sie gehörte ja auch zu den sieben Weltwundern der Antike!

Später fiel der Tempel Kriegen, Erdrutschen und Erdbeben zum Opfer. Heute sind nur noch spärliche Ruinenreste erhalten.

Die Ruinen von Phidias' Werkstatt

7

Die Spiele mögen beginnen!

Am ersten Tag der Olympischen Spiele legten Athleten und Wettkampfrichter einen Eid ab. Dafür versammelten sie sich alle vor einer Zeus-Statue. Die Sportler schworen, dass sie zehn Monate lang trainiert hatten, und versprachen, sich an die Regeln zu halten.

Diese Statue nannte man den „Zeus der Eide".

Dann wurden in einem Wettbewerb die besten Trompetenspieler und Herolde ausgewählt. Herolde waren Männer, die

die Gewinner bekannt gaben. Der Beginn eines Wettkampfs wurde mit Trompetenfanfaren angekündigt.

Die Läufer stellten die Füße in lange Steinrillen. Das sollte Fehlstarts verhindern.

Laufwettbewerbe

Wenn die Trompeten ertönten, versammelten sich die Läufer an der Startlinie. Alle Teilnehmer rannten genau gleichzeitig los. Machte ein Läufer einen Frühstart, erhielt er Stockschläge oder wurde von den Spielen ausgeschlossen!

Es gab viele verschiedene Laufwettbewerbe. Einer davon war das *stadion*, ein Kurzstreckenlauf, der einmal über die Länge des Stadions ging (192 Meter). Das zweite Rennen hieß *diaulos* (Doppellauf) und betrug zwei Stadion-Längen. Das längste Rennen war das *dolichos*, ein Langstreckenlauf, bei dem die Läufer das Stadion etwa 20-mal durchmaßen!

Es war den Läufern verboten, mit Magie nachzuhelfen!

Das anstrengendste Rennen war der Waffenlauf, bei dem man in voller Rüstung antrat. Die Läufer trugen Bronze-

helme und schwere Schilde aus Holz oder Bronze. Sie sahen ziemlich schwerfällig und komisch aus, und die Zuschauer johlten und lachten, wenn sie vorbeitrampelten.

Speerwerfen

Der Wurfspeer wurde bei der Jagd und im Krieg eingesetzt. Er war aus Holz und ungefähr so lang wie ein Mensch groß. An einem Ende hatte er eine Spitze. Die Speerwerfer hielten ihn mit einem Lederriemen fest, der um den Speer herumgeschlungen war. Wenn sie den Speer warfen, dann wickelte die Schnur sich ab. Dadurch flog der Speer gerader und ruhiger und letztendlich weiter.

Dískoswurf

Der *dískos* war wie eine Frisbeescheibe geformt und aus Blei, Eisen, Bronze oder Stein gefertigt. Normalerweise wog er etwa fünfeinhalb Pfund.

Die Werfer hielten den dískos (zu Deutsch Diskus) mit einer Hand. Dann schleuderten sie ihn so weit sie konnten. Die Kampfrichter maßen nach, um zu sehen, wer am weitesten geworfen hatte.

Weitsprung

Der Weitsprung hat seinen Ursprung in der militärischen Ausbildung. Die Soldaten trainierten häufig, über Hindernisse zu springen.

Während des Weitsprungs wurde auf der Flöte gespielt.

Bei den Olympischen Spielen fand der Weitsprungwettbewerb auf einem Sandplatz statt. Die Athleten nahmen Gewichte in beide Hände und holten kräftig damit Schwung. Dann sprangen sie so weit sie konnten.

Ringkampf

Das Ringen war ebenfalls Bestandteil der militärischen Ausbildung. Man trainierte es für den Kampf Mann gegen Mann. Bei den Olympischen Spielen kämpften die Ringer auf Sand. Ziel war es, den Gegner zu Boden zu werfen.

Beißen war den Ringern verboten!

Wer zuerst drei Bodenberührungen hatte, hatte verloren. Vor dem Kampf rieben sich die Ringer mit Puder und Olivenöl ein. Wenn sie den Boden berührten, blieb Sand am Öl kleben. So konnten die Wettkampfrichter besser erkennen, ob sie wirklich einen Bodenwurf hatten.

In einem solchen Gefäß, dem sogenannten Aryballos, bewahrten die Athleten ihr Olivenöl auf. Mit einem Schaber, dem Strigilis, schabten sie es wieder ab.

Penta ist das griechische Wort für „fünf“.

Pentathlon

Das *pentathlon* war ein Fünfkampf. Jeder Athlet musste in den folgenden fünf Disziplinen sein Können unter Beweis stellen: Weitsprung, Diskuswurf, Speerwerfen, Wettlauf und Ringen.

Faustkampf

Der Faustkampf war ein äußerst beliebter Sport. Normalerweise waren dabei Schläge unterhalb der Gürtellinie verboten. Stattdessen zielte man auf den Kopf.

Diese Faustkämpfer legen ihre Handschuhe aus Lederriemen an.

Pankration

Das *pankration* war ein brutaler Sport. Der Begriff leitet sich von einem griechischen Wort ab, das „Allmacht" bedeutet.

Diese Disziplin war eine Verbindung von Faust- und Ringkampf, bei der es kaum Regeln gab. Die Athleten durften sich an den Haaren reißen, und auch Tritte und Würgegriffe waren erlaubt.

Es sind sogar Sportler dabei zu Tode gekommen. Der Kampf war beendet, wenn einer der Athleten zu schwer verletzt war oder aufgab.

Manche Athleten rasierten sich den Kopf kahl, damit sie nicht an den Haaren gezogen werden konnten.

Wagen- und Pferderennen

Bei den Olympischen Spielen gab es auch Wettkämpfe mit Pferden. Sie fanden im *hippodrom*, also auf einer Pferderennbahn, statt. *Hippos* ist das griechische Wort für „Pferd".

Geritten wurde ohne Sattel und Steigbügel.

Es gab Wettbewerbe für Reiter und Wagenrennen, bei denen Streitwagen von zwei oder vier Pferden oder Maultieren gezogen wurden. Die hölzernen Streitwagen wurden von einem Wagenlenker gefahren.

Dieser hatte eine gefährliche Aufgabe. Viele Wagenlenker stürzten, und nur wenige Wagen kamen tatsächlich ins Ziel.

Um die 40 Wagen gingen an den Start!

Als Gewinner der Pferdewettbewerbe galten nicht etwa die Wagenlenker oder die Reiter, sondern die Besitzer der Pferde. Auch Frauen durften an Wagenrennen teilnehmen.

Für Frauen gab es außerdem ein eigenes Sportfest zu Ehren der Göttin Hera. Dort liefen sie Wettrennen, die etwas kürzer waren als die der Männer und Jungen bei den Olympischen Spielen.

Siegerehrung und Schlussfeiern

Nach jeder Disziplin wurden die Sieger bekannt gegeben. Die Ehrung fand aber erst am fünften und letzten Tag der Spiele statt. Massen von Zuschauern drängten sich im Stadion. Die Luft vibrierte vor Spannung. Dann marschierten die Athleten geschmückt mit violetten Bändern ein.

Trompetenfanfaren erklangen. Herolde riefen die Namen der Sieger und ihrer

Städte aus. Die Kampfrichter bekränzten die Gewinner mit Olivenzweigen, die von einem heiligen Olivenbaum in der Nähe des Zeus-Tempels stammten.

An diesem Abend wurde kräftig gefeiert, und am nächsten Tag machten sich alle auf die Heimreise.

Zu Hause wurden die Gewinner wie Helden empfangen. Sie hatten Ruhm und Ehre für ihre Städte errungen und wurden reich dafür belohnt. Von manchen Sportlern wurde eine Statue auf dem Marktplatz aufgestellt, andere wurden in Gedichten verewigt.

Einer Sage zufolge soll Zeus den Baum selbst gepflanzt haben.

Auf der nächsten Seite lernst du zwei der berühmtesten Olympiasieger aus dem alten Griechenland kennen.

Der Ringer Milon von Kroton

Milon von Kroton war sechsfacher Olympiasieger. Er war so stark, dass er Nägel zwischen zwei Fingern verbiegen und sogar ein ausgewachsenes Rind auf den Schultern tragen konnte!

Wie er zu Tode kam, ist allerdings eine traurige Geschichte: Als er mit bloßen Händen einen Baum spalten wollte, schnappte der Spalt plötzlich wieder zu, und er bekam seine Hände nicht mehr heraus und war gefangen. In dieser Nacht zerrissen ihn die wilden Tiere des Waldes!

Der Boxer Diagoras von Rhodos

Diagoras war ein absoluter Ausnahme-Athlet. Keiner konnte es beim Boxen an Geschicklichkeit, Anmut oder Tapferkeit mit ihm aufnehmen.

Im hohen Alter kam er noch immer zu den Olympischen Spielen, um seinen Söhnen bei den Wettkämpfen zuzusehen. Als beide gewannen, nahmen sie ihn auf die Schultern und trugen ihn durchs Stadion.

8

Die Olympischen Spiele der Neuzeit

Nach vielen Kriegen verlor Griechenland seine Macht und wurde von anderen Ländern unterworfen. Damit setzte auch der Niedergang der antiken Olympischen Spiele ein. Das letzte Mal fanden sie vermutlich im Jahr 393 statt und hatten so etwa 1170 Jahre lang Bestand.

Viele Jahrhunderte später beschloss man, die Spiele wieder aufleben zu lassen. Die ersten Olympischen Spiele der Neuzeit fanden 1896 in Griechenland statt.

Bei den modernen Olympischen Spielen ist vieles anders als früher. Sie werden zum Beispiel nicht mehr zu Ehren der Götter abgehalten, sondern sind ein reines Sportereignis. Austragungsort ist jedes Mal ein anderes Land. Und auch die Sportler kommen aus der ganzen Welt.

Heutzutage nehmen Männer und Frauen gleichermaßen an den Spielen teil. Und es gibt viel öfter Olympische Spiele: und zwar die Sommerspiele und die Winterspiele, die – jeweils zwei Jahre versetzt – im Vier-Jahres-Rhythmus stattfinden.

So manches hat sich aber auch nicht geändert. Die Athleten arbeiten noch immer jahrelang auf ihre Teilnahme hin. Sie leisten auch heute einen Eid auf Fairness und Regeltreue. Wie bei den alten Griechen legt man großen Wert darauf, ein guter Verlierer zu sein.

Bei den Winterspielen gibt es Wettkämpfe im Eislaufen, Skifahren und Snowboarden.

Viele Disziplinen wurden von den Olympischen Spielen der Antike übernommen. Es finden zwar keine Wagenrennen mehr statt, aber dennoch viele Pferdesportwettbewerbe. Es gibt noch immer Laufwettbewerbe, Speerwerfen und den Diskuswurf. Auch im Boxen, Ringen und Weitsprung treten die Sportler gegeneinander an. Sogar einen modernen Fünfkampf gibt es.

moderner Weitsprung

Die Olympischen Spiele sind und waren schon immer ein fantastisches Sportereignis. Der Philosoph Epiktet schrieb vo fast 2000 Jahren: „Bei den Olympischen Spielen muss man viel Ungemach auf sich nehmen. Man wird von der Sonne verbrannt und den Menschenmassen fast ze quetscht. Wenn es regnet, wird man nass bis auf die Haut, und der ständige Lärm macht einen fast taub. Aber all das nimmt man gerne in Kauf für die großartigen Wettkämpfe, die man zu sehen bekommt.“

Register

Bildnachweis

© Bettmann/CORBIS (Seite 138). © Copyright The British Museum (Seiten 132, 177, 178, 182). © CORBIS (Seite 144). © Araldo de Luca/ CORBIS (Seite 105 unten). © Duomo/ CORBIS (Seite 190). © Kit Hought Photography/CORBIS (Seite 186). © George H. H. Huey/CORBIS (Seite 189). © Mimmo Jodice/CORBIS (Seite 145). © Wolfgang Kaehler/CORBI (Seite 105 oben). © William Manning/CORBIS (Seite 143). © Mary Evans Picture Library (Seite 141). © The Metropolitan Museum of Art, Rogers F 1944 (Seite 126). © The Metropolitan Museum of Art, Rogers Fund, 191 (Seite 147). © Charles O´Rear/CORBIS (Seite 142). © 2004 President ar Fellows of Harvard College, Photographic Services, mit freundlicher Genehmigung des Arthur M. Sackler Museums, Harvard University Art Museums, Schenkung von Mr. C. Ruxton Love, Jr. (Seite 99). Réunion de Musées Nationaux/Art Resource, NY (Seiten 133, 146). © Reuters New Media Inc./CORBIS (Seite 191). © Kevin Schafer/CORBIS (Seite 97). University of Pennsylvania Museum (Seiten 90, 129, 157). © Ruggero Vanni/CORBIS (Seite 169).

Mary Pope Osborne und **Natalie Pope Boyce** sind Schwestern. Schon als Kinder lernten sie viele Länder kennen. Mary lebt heute in New York und Connecticut, Natalie in Massachusetts. Mary hat bereits mehr als 50 Kinderbücher geschrieben. Zusammen mit Natalie hat sie mehrere *Forscherhandbücher* verfasst.
Zu ihrer gemeinsamen Arbeit am Forscherhandbuch über das alte Griechenland und die Olympischen Spiele meinten die Autorinnen: „Es hat riesigen Spaß gemacht, die Welt des alten Griechenlands zusammen mit Anne und Philipp zu erkunden! Für unsere Recherche zu den *Forscherhandbüchern* besuchen wir oft Museen. Dieses Mal waren wir im Museum der Universität von Pennsylvania für Archäologie und Anthropologie. Dort trafen wir zunächst auf einige Kinder, die an einem Ferienkurs teilnahmen. Sie lernten hier alles über antike Kulturen. Als wir dann weiter durch das Museum gingen, konnten wir Skulpturen, Töpferwaren und alte Münzen bewundern, die aus der Zeit der alten Griechen stammten. Auf einigen Vasen waren Szenen aus der damaligen Zeit zu sehen. Und auf einer Münze entdeckten wir den Kopf der Athene. All dies half uns dabei, uns vorzustellen, wie die alten Griechen einmal gelebt haben. Nach dem Museumsbesuch konnten wir gar nicht genug von diesem Thema bekommen. Doch über das alte Griechenland und Olympia gibt es so viel zu erfahren, dass man sein ganzes Leben lang weiterforschen könnte!“